# Andrea Perina

# L'unicorno cinese

Youcanprint Self-Publishing

Titolo | L'Unicorno cinese

Autore | Andrea Perina

ISBN | 978-88-92671-57-7



Youcanprint Self-Publishing

Via Roma, 73 - 73039 Tricase (LE) - Italy

www.youcanprint.it

info@youcanprint.it

Facebook: facebook.com/youcanprint.it

Twitter: twitter.com/youcanprintit

# Indice

# Cuore di mamma

*1.*

> —   Mamma, grazie! Che bello, è proprio la bambola che volevo! Sei la mamma migliore del mondo!

Polly, felicissima, saltò al collo della madre e l'abbracciò forte. Daisy si sentiva un po' in colpa; si sa, quando un matrimonio finisce i bambini sono quelli che soffrono di più, anche se a volte non lo danno a vedere.

Il matrimonio di Daisy con Frank era andato avanti, tra alti e bassi (soprattutto i secondi), per otto anni, poi Daisy non ce l'aveva più fatta e se n'era andata con la bambina, che in quel momento aveva solo tre anni. Ora ne aveva sette; erano stati quattro anni duri, ma Daisy era orgogliosa di poter dire:"Ce l'ho fatta!", in barba a tutti quelli, a partire dai suoi genitori, che dicevano che se ne sarebbe tornata da Frank in ginocchio, chiedendo pietà.

Frank aveva la parlantina sciolta, e li aveva incantati subito; beh, veramente, la prima a cadere nella sua rete ammaliatrice era stata lei...

*2.*

Le trattative erano state estenuanti, ma alla fine papà Ahmed ed il futuro sposo Malik erano arrivati ad un accordo.

Finalmente Jamila poteva pensare al suo corredo: sapeva già a chi rivolgersi, anche perché non è che ci fosse molta scelta. Gli unici sarti e venditori di tessuti rimasti in città, almeno nella zona vicino alla loro casa, erano quattro, e due avevano articoli pessimi. Gli altri o erano scappati, o erano morti sotto lo bombe che avevano distrutto anche i loro negozi.

Khaled aveva sempre avuto abiti da sposa bellissimi, e Jamila ancora si ricordava quando, da bambina, si fermava incantata davanti alle sue vetrine a guardarli ed a fantasticare del momento in cui ne avrebbe indossato uno. Ora il momento era arrivato e, pur tra le macerie e le bombe che avevano ucciso e mutilato tanti amici e parenti, lei si sentiva felice.

## 3.

Finalmente il controllo missione era arrivato; quel bellimbusto, un tizio di Langley, era come al solito in ritardo e Daisy sospettava che non sempre fosse a causa del suo lavoro. Il tizio trattava tutti dall'alto in basso, quasi come se il personale dell'Aviazione dovesse essere al suo servizio. Essere considerata alla stregua di una cameriera faceva andare Daisy su tutte le furie, lei che se ne era andata di casa proprio per questo. E comunque, una cameriera non guida un aereo da seimila chilometri di distanza...

Il sistema di controllo doveva apparire complicatissimo, agli occhi di un profano: monitor, leve, pulsanti e led dappertutto. Ma Daisy ormai ci era abituata, e tutto ciò le sembrava normale routine. In fondo, si trattava sempre e soltanto di un video-game.

Si ricordava ancora l'espressione di Tommy, quando lo aveva stracciato allo sparatutto del bar davanti alla scuola.

Aveva quindici anni, e quel gioco – come si chiamava? Ah sì, Destroy the terrorists – era il principale argomento di conversazione dei suoi compagni di classe. Solo dei maschi, naturalmente, ché le femmine parlavano di trucco, smalto per unghie e vestiti, argomenti che la annoiavano molto.

Un giorno decise di provare quel gioco, tra la sorpresa e gli sfottò dei suoi compagni e degli avventori del bar. Dopo due partite di riscaldamento, Tommy la sfidò, tra le risatine dei compagni di classe. Sì, perché il ragazzo era considerato un vero fuoriclasse, imbattuto da un anno. Daisy, senza nemmeno impegnarsi troppo, lo sconfisse nettamente ed il poveretto uscì dal bar a capo chino; per una settimana non si fece vedere per la vergogna. Quanto a Daisy, capì che era quella la sua vera vocazione.

## 4.

L'accordo prevedeva che la famiglia di Malik si facesse carico del banchetto di nozze e di assoldare i suonatori: Malik riuscì a convincere un cantante ben conosciuto della zona, Mohammed Rawani, dotato di una voce possente che Jamila ricordava di aver sentito al matrimonio di una sua amica, e di esserne rimasta incantata. La 'arada (cioè la parata di benvenuto degli sposi) sarebbe stata un successo.

## 5.

Dopo il diploma, le era sembrato naturale fare il corso da ufficiale della Marina, con l'obiettivo di diventare pilota di caccia; Top Gun era sempre stato il suo film preferito, ma a differenza delle sue compagne non avrebbe voluto sposare il protagonista, ma diventare come lui.

La più grande delusione della sua vita la ebbe quando venne sottoposta ad un esame approfondito della vista: le trovarono un difetto (astigmatismo, dissero) ma, soprattutto, le comunicarono che ciò significava lo stop alla sua carriera di pilota prima ancora di iniziarla.

Le proposero un lavoro di ufficio in una delle basi e lei accettò, in fondo era un modo come un altro di servire il proprio Paese, anche se non era esattamente ciò che aveva in mente.

## 6.

E arrivò il gran giorno. Malik sarebbe rimasto di sasso, pensò Jamila maliziosamente: l'abito bianco che aveva scelto, insieme alla madre e alle sorelle, la faceva assomigliare ad una di quelle principesse che aveva visto alla TV satellitare (quando funzionava). Anche papà Ahmed rimase impressionato e gli vennero le lacrime agli occhi, al pensiero di quanto era diventata bella quella figlia che – almeno così gli sembrava – aveva tenuto in braccio solo fino a poco tempo prima.

- Dovrebbe arrivare anche zio Samir, mi ha chiamato poco fa – le disse, sapendo quanto Jamila gli era affezionata: il fratello di Ahmed infatti le aveva fatto da padrino di battesimo.

## 7.

Ma bando ai ricordi, si disse. Daisy ora era lì, davanti a quella console, per difendere il proprio Paese dai terroristi che odiavano i suoi valori, la Libertà e la Democrazia. Se Mister Langley diceva che bisognava bombardare la Siria, per lei andava bene così. Avrebbe fatto tutto il necessario per dare a Polly un futuro di sicurezza e di prosperità. I droni spia avevano individuato il bersaglio: si trattava di un'auto che procedeva lentamente, a causa del traffico, inusuale da quelle parti, vista la situazione di guerra. Fu dato l'ordine di attendere, in modo da non coinvolgere altri mezzi; improvvisamente l'auto, una Mercedes, si fermò davanti ad un locale.

## 8.

Samir scese all'auto, insieme a due guardie del corpo; la prudenza non era mai troppa, per uno che era da tempo nel mirino dei fondamentalisti. Samir infatti era un dirigente importante del governo di Assad, o almeno di quello che era rimasto, dopo l'aggressione dei traditori e degli stranieri

spalleggiati dall'Arabia Saudita. Era già scampato a due auto-
bomba, e la ragione avrebbe dovuto imporgli di rimanere
nascosto per un po', ma come si fa? Si disse lui, la mia nipote e
figlioccia si sposa e io mi acquatto come una donnetta? E che
esempio darei ai miei uomini, come potrei chiedere loro di
rischiare la vita? Mise in un angolo della mente queste
considerazioni ed entrò nel salone.

## 9.

Daisy era impaziente: il bersaglio era entrato in un locale ed ora
non era più visibile, cosa diavolo stavano aspettando?

Mister Langley stava parlando al cellulare con qualcuno,
probabilmente il suo superiore. Daisy intercettò solo qualche
parola: bersaglio confermato, conseguenze, alleati soddisfatti o
qualcosa del genere.

> — Abbiamo l'OK dall'alto, possiamo procedere – disse
> l'uomo, finalmente.

Daisy verificò tutti i parametri e poi azionò le manopole;
seimila chilometri più a est, due missili a guida laser si
sganciarono dal drone Reaper e puntarono sul salone delle feste
nel quale si stava svolgendo la cerimonia di nozze di Jamila e
Malik.

## 10.

Najeeb odiava i matrimoni; tutta quella musica, i tamburi, il
frastuono incessante, le donne che non smettevano un
momento di parlare, le sue cuginette che volevano trascinarlo a
tutti i costi nel vortice delle danze (Najeeb odiava anche
ballare). Per fortuna sua madre si era distratta un attimo e lui
era riuscito a sgattaiolare fuori, per avere un po' di tregua.
All'improvviso un fischio acuto gli fece mettere le mani sulle

orecchie, poi non capì più nulla.

Non sapeva se era svenuto, o solo intontito; si trovò comunque distante dal punto in cui stava prima, anche se era difficile stabilirlo, visto che era scomparso l'intero condominio dove sorgeva il salone delle feste.

Incredulo, Najeeb camminò tra rottami e residui di abiti svolazzanti; vide anche braccia, gambe e tronchi umani bruciati, ma il suo sguardo infantile non li riconobbe subito, rifiutandosi di adeguarsi alla realtà.

L'unica cosa di cui era sicuro, pensò tra le lacrime, era che ora avrebbe desiderato ballare con qualcuno, ma la musica era finita.

## *11.*

- Ottimo lavoro, tenente Miller – le disse il Generale.

- Grazie, Signore, ma ho solo fatto il mio dovere – si schernì Daisy, che era comunque soddisfatta dell'esito della missione. Mister Langley aveva riferito che era stato neutralizzato un esponente pericoloso del governo dello stato canaglia siriano, e che quindi la pace era sempre più vicina. Quanto ai danni collaterali, erano "limitati a poche unità".

- Si aspetti una gratifica a fine mese, per l'eccellente lavoro svolto – si congedò il Generale.

- Grazie, Signore.

Daisy arrivò a casa carica di doni per Polly:

- Grazie, mamma! Quanti regali, festeggiamo qualcosa?

- No, diciamo che ho avuto una bella giornata.

–  Wow, c'è anche la Barbie col bazooka, che meraviglia! - la bambina era sempre più entusiasta.

Daisy si mise a preparare la cena e intanto accese la TV. Era sintonizzata su Fox News: "...fonti di Aljazeera riferiscono di una strage, avvenuta ad Aleppo oggi pomeriggio. Sarebbero almeno settanta i morti, e centoquindici i feriti, il bilancio di un attentato avvenuto durante un matrimonio...".

Queste bestie non risparmiano nemmeno i matrimoni, maledetti loro! - pensò Daisy, che odiava sempre di più i terroristi musulmani.

Stava servendo in tavola i cheeseburger, quando un commentatore   parlò dei droni; corse ad alzare il volume del televisore:

"...è necessario a mio avviso, vista l'importanza che stanno assumendo nelle guerre del ventunesimo secolo, accogliere la proposta avanzata dalla Northrop Grumman e che si sta discutendo in questi giorni al Congresso, ossia il passaggio ai droni con guida automatica. Solo così potremo avere una copertura continua H 24 e con operatività costante e riproducibile...".

Daisy smise di addentare il panino e rimase bloccata davanti alla TV, poi si riprese e iniziò a pensare.

A quanto pareva, la pacchia era finita, peccato! Quel lavoro le piaceva parecchio, ma l'America è un grande Paese, si disse. Sicuramente, viste le sue qualità, le avrebbero dato un'altra occasione.

# UN VERO CAMPIONE

## *PROLOGO*

Non si era mai sentito così bene. Tutto gli riusciva facile, spontaneo. Come il tunnel ai danni della loro mezz'ala, il giocatore migliore degli avversari; o come l'azione del secondo gol, nella quale aveva evitato lo sgambetto del difensore e, con una mezza giravolta, lo aveva mandato a sbattere contro il portiere, segnando a porta vuota.

> – Carlito, oggi sei stato grande! Ma che ti è successo? - chiedevano tutti.

E lui:

> – Niente, è che oggi mi sentivo in forma.


## *1.*

Era sempre stato un bambino particolarmente gracile; alla fine, i suoi genitori si erano decisi e raggranellando una discreta somma, erano riusciti ad ottenere una visita privata da un famoso professore, specializzato in pediatria ed endocrinologia.

La diagnosi era stata impietosa:

> – Questo bambino non crescerà mai, senza adeguate cure ormonali – era stato il suo responso, e per la famiglia equivaleva ad una condanna, poiché non avrebbero mai potuto pagare una cura lunga e costosa.

A volte però, come nelle favole, compaiono fatine buone; la famiglia Tabassi, emigrata in Argentina molti anni prima, aveva lasciato dei parenti che si erano arricchiti rimanendo in Italia (caso singolare, di solito avveniva il contrario).

Infatti una lontana zia senza parenti prossimi aveva avuto il buon gusto di lasciare questo mondo con una somma più che rispettabile. Aveva tirato le cuoia (opps, si era spenta serenamente) alla veneranda età di novantacinque anni e nel testamento menzionava la possibile esistenza di presunti nipoti da rintracciare in Argentina.

Figurarsi la sorpresa di papà Tabassi quando si vide recapitare una lettera di un notaio di Lugano che gli diceva di presentarsi in Svizzera per ritirare l'eredità; la zia si era trasferita in Canton Ticino per trascorrere gli ultimi anni della sua vita in una lussuosa residenza per anziani.

Parlando del più e del meno, Pedro Tabassi venne a conoscenza di una clinica privata molto rinomata, presso la quale molti anziani (danarosi) si recavano per varie cure, a base di ormoni e anti-ossidanti per combattere l'invecchiamento.

Sì, nella clinica c'era anche un reparto di pediatria, così gli dissero.

La clinica Hoffmann in effetti era ben conosciuta; il suo fondatore, il Professor Heinz Hoffmann, era una vera autorità negli studi sull'invecchiamento e nell'uso delle cellule staminali per svariate applicazioni.

Così Pedro Tabassi  prese accordi per portare il figlioletto ed iniziare una cura per guarirlo, visto che ora, grazie alla generosità della sua lontana zia, ne aveva le possibilità.


## 2.

Carlito non aveva mai avuto una donna; era sempre stato timido e impacciato, e poi tutti quegli allenamenti, e le partite...

Insomma, non aveva nemmeno avuto molto tempo da dedicare alla caccia della selvaggina.

Ed ora, quella ragazza da favola lo stava puntando...ed era lui che si sentiva una preda.

– Tu devi essere Carlito Tabassi, vero? Ho sentito parlare molto di te.

– Davvero? Ciò mi lusinga molto – rispose, mordendosi la lingua per quella risposta cretina – Ti interessi di calcio?

– Sì, mi piace molto; la mia famiglia è da sempre tifosa del River e devo confessare che abbiamo scelto questo albergo perché sapevamo che voi venivate qui in ritiro.

– Ah, davvero? Ma dimmi qualcosa di te, come ti chiami?

– Mi chiamo Teresa Sanchez; però tu sei un argomento più interessante: è vero che il Real Madrid ha messo gli occhi su di te?

– Guarda, per queste cose devi chiedere a mio padre, è lui il mio manager ed è lui che vaglia tutte le offerte, guarda quelle migliori e poi mi informa. L'unica cosa che so è che il presidente del River è intenzionato a vendermi al miglior offerente alla fine della stagione, pare per un prezzo molto alto.

– Già, staremo a vedere; intanto, vedete di vincere il campionato quest'anno, battendo quei pulciosi del Boca.

– Sì, speriamo; però quei "pulciosi" hanno una buona squadra...

– Ma non hanno Carlito con loro – fece lei – senti, i miei genitori sono andati in gita e la mia stanza è libera, perché non andiamo su?

– Va bene, come vuoi – rispose Carlito, che si alzò dallo sgabello vicino al bancone stando attento che Teresa non si accorgesse che le sue ginocchia, così preziose, stavano tremando.


– Cosa c'è, Carlito? Dovresti essere contento, tutti ti hanno visto salire in camera con quella Miss Nonsochecosa, in molti ti hanno invidiato...

– Lascia perdere, papà, non ho voglia di parlare.

– Perché? Se c'è qualche problema io sono qui; è meglio che parli con me, piuttosto che con i tuoi compagni di squadra. Non so se lo sai, tutti ti vogliono bene ma sono anche molto pettegoli.

– Ecco, è piuttosto imbarazzante: non sono riuscito a...

– Tutto qui? Beh, in fondo è la tua prima volta, è normale che tu fossi nervoso.

– Sì, però Teresa mi ha detto che... aveva sentito delle cose su di me.

– Quali cose? - Pedro aguzzò le orecchie.

– Delle voci che dicono che io sono un falso, un dopato; e che uno dei possibili effetti collaterali del doping è di non riuscire ad andare con le donne.

– E' la cosa più ridicola che abbia sentito nella mia vita – insorse papà Tabassi – se avessi tra le mani la signorina le farei rimangiare tutto quello che ha detto.

– Guardami negli occhi, papà: nella clinica svizzera cosa mi hanno fatto, di preciso?

– Ti hanno dato la cura ormonale di cui avevi bisogno, niente di più e niente di meno. E se qualcuno dice il contrario, sono pronto a denunciarlo per calunnia!

– OK, d'accordo – Carlito si era calmato, tuttavia avvertiva un fondo di inquietudine che lo avrebbe accompagnato a lungo.

## 3.

– Allora, herr Tabassi, ho richiesto questo colloquio solo con lei per parlare di alcune cose piuttosto delicate.

– Sentiamo, professore: ci sono problemi con la cura per mio figlio? - papà Tabassi era molto nervoso; era inusuale che il prof. Hoffmann, impegnato com'era, volesse parlare coi genitori dei suoi piccoli pazienti, di solito erano i medici alle sue dipendenze che eseguivano le sue direttive senza fiatare. Tabassi padre e figlio erano in Svizzera da una settimana, e Carlito era già stato visitato due volte dal professore in persona, cosa che anziché lusingare Pedro lo aveva fatto preoccupare assai. E ora, quel colloquio senza il bambino non prometteva niente di buono.

– Non si preoccupi, nessun problema – Hoffmann lo rassicurò - suo figlio Carlito ha solo un deficit di ormone della crescita (noi medici lo chiamiamo GH), e per nostra fortuna adesso quell'ormone è facilmente disponibile.

– Bene – fece Pedro, tirando un sospiro di sollievo –

allora non c'è nient'altro di cui preoccuparsi?

– Veramente vorrei farle una proposta – Hoffmann cominciò a cambiare tono, diventando più accattivante – lei vorrebbe trasformare suo figlio in un campione?

## 4.

L'arrivo a Madrid fu trionfale, per la famiglia Tabassi. C'era anche mamma Maria, che Pedro era riuscito, dopo enorme fatica, a trascinare fin sulla scaletta dell'aereo, visto che sua moglie aveva tanti pregi ma un difetto, detestava volare.

Carlito fu subito sequestrato dallo staff; ebbero tutti grosse difficoltà ad arrivare ai taxi poiché i tifosi premevano per ottenere autografi e fare i selfie con il nuovo campione che avrebbe indossato la maglia numero dieci delle merengues l'anno successivo.

Carlito scoprì che in Europa i ritmi erano frenetici: conferenza stampa alle dodici, visita medica ed esami clinici e poi via, al campo di allenamento per un primo contatto con allenatore e compagni di squadra.

Al termine di una giornata lunghissima e molto stancante, stava andandosene a dormire quando l'allenatore, un ex calciatore molto serio e pacato, lo chiamò in disparte:

– Senti, Carlito, a quanto pare c'è un problema con i tuoi esami.

– Ah, sì? E di che genere?

– Pare che il tuo ematocrito sia fuori norma.

– Il mio cosa? - Carlito non aveva mai avuto familiarità con la terminologia medica.

– Sembra che tu abbia più globuli rossi del normale.

– Davvero? E questo non va bene?

– No, cioè, va fin troppo bene poiché migliora molto le tue prestazioni, però potrebbe far sorgere sospetti di uso di sostanze dopanti.

– Io userei il doping? No, guardi, è escluso.

– Certo, però se in partite ufficiali facessero dei controlli la nostra società sarebbe in una posizione imbarazzante.

– E quindi io cosa devo fare?

– Nulla, per il momento; però bisognerà fare indagini più approfondite per scoprire l'origine di questa tua anomalia. Nel frattempo, almeno nelle partite ufficiali, non posso farti giocare. Per fortuna, mancano ancora tre settimane all'inizio del campionato e speriamo che, nel frattempo, si venga a capo di questa cosa.

– Va bene, ho capito – Carlito se ne andò via a capo chino: questa storia del doping lo aveva proprio scocciato, se non altro ora gli avrebbero fatto degli esami e tutti i dubbi sarebbero stati fugati, o almeno così sperava.

## 5.

– Che cosa vuol dire un campione? - Pedro era trasecolato – Carlito è abbastanza bravo e si diverte molto a giocare a calcio e, se vorrà, si impegnerà per entrare nella squadra giovanile di qualche società di Buenos Aires, ma non credo che sarà un altro Maradona.

- E' questo il punto, caro signore: e perché no? Con le tecniche che usiamo qui, possiamo trasformare un comune bambino, magari con qualche piccolo difetto, in un grande atleta; potremmo usare la cura ormonale come pretesto per affiancare, oltre all'ormone della crescita, anche altri fattori, ormonali e no, che agiscano sui muscoli, potenziandoli, e sul sistema emopoietico, aumentando la capacità respiratoria di suo figlio.

- Non mi convince; e se poi avesse degli effetti deleteri?

- E' questa la grande innovazione che le propongo: è vero che gli ormoni che aumentano le masse muscolari hanno effetti collaterali molto dannosi, ma in questo caso si userebbero solo le cellule di suo figlio, coltivate in vitro, le famose cellule staminali; forse ne ha sentito parlare.

- Sì, ho letto qualcosa su una rivista – Pedro era sempre perplesso, ma una cosa gli sfuggiva: - Ma perché farebbe tutto questo, cosa ne ricava?

Hoffmann non aspettava altro, per piazzare la sua proposta:

- Naturalmente il primo scopo è la ricerca; d'altra parte, la mia clinica è sempre in cerca di finanziamenti per questi studi che sono molto costosi, quindi l'accordo sarebbe questo: io e il mio staff eseguiremo tutti gli interventi gratuitamente su Carlito col suo consenso, signor Pedro, e in cambio lei ci darà il 30% di tutti i futuri guadagni di Carlito, nel caso diventi un grande campione. Una scrittura privata è già pronta in segreteria, manca solo la sua firma.

- E Carlito? Non sarà informato?

– Questo dipende da lei, signor Tabassi; finché Carlito è minorenne, non ci sono problemi. Quando compirà diciotto anni, dovrà essere informato sulla natura delle terapie geniche che dovesse sostenere da quel momento in poi. E' comunque possibile che non ce ne sia bisogno, se le cellule staminali attecchiranno non ci saranno ulteriori interventi.

– Io...ecco, ci devo pensare su.

– Ma certo, può darmi una risposta domani.

Pedro passò una notte molto agitata; l'indomani, tra mille esitazioni e tentennamenti, prese la penna e firmò.

## 6.

Da molto tempo Carlito non provava la vergogna della panchina dal primo minuto di gioco. Certo, aveva un bel dire l'allenatore che la sua non era una punizione ma una semplice misura precauzionale, ma lui (e anche i tifosi) non la pensavano così.

Finalmente dopo una settimana arrivò il responso: il suo ematoqualcosa (come diavolo si chiamava?) era naturale, non era dovuto ad alcun doping conosciuto.

Come volevasi dimostrare, pensò Carlito; e ora, pensiamo al campionato!

Pur con tutti quei campioni molto più maturi di lui, ci mise poco a diventare il vero leader della squadra, quello al quale si passa la palla quando le gambe diventano molli ed il fiato si fa più corto.

Carlito non si tirò mai indietro, né nel derby contro i "cugini" dell'Atletico, in cui segnò un rigore all'ultimo minuto, né nello scontro clou del campionato alla terz'ultima giornata contro gli odiatissimi catalani.

Nella tana del lupo, ovverossia al Camp Nou, fu proprio lui a segnare il gol del 3 a 2 per il Real, che in pratica significò lo scudetto per los blancos.

Non ebbero quasi il tempo di festeggiare che già si profilava un'altra partita importantissima, la finale di Champions League contro il Bayern Monaco.

L'anno precedente, in semifinale, il Bayern aveva dato una vera batosta al Real, vincendo sia in casa che fuori e segnando sei gol senza subirne alcuno.

Il Real quindi meditava vendetta: quest'anno aveva una squadra maggiormente competitiva ed un Tabassi in più.

Allo stadio di Wembley la cornice era indimenticabile, e a differenza del solito anche Carlito era emozionato come un bambino. Non che fosse anziano (aveva diciannove anni), ma aveva sempre dimostrato una maturità sorprendente, e non aveva mai tradito negli appuntamenti importanti.

Quando scesero in campo le gambe gli tremavano un po'; dopo il fischio d'inizio, per fortuna, la concentrazione prese il posto dell'emozione e cominciò a giocare come sapeva.

Dopo un primo tempo di studio nel quale nessuna delle squadre aveva avuto occasioni clamorose, al primo affondo il Bayern segnò.

Carlito vide lo scoramento nel volto dei compagni di squadra, dal portiere all'ultimo dei panchinari; capì che era arrivato il momento di caricarsi sulle spalle il peso della rimonta.

Il Real, dopo alcuni minuti di smarrimento, riprese a giocare nella metà campo avversaria, e Carlito cominciò a farsi più pericoloso, con tiri da fuori e con passaggi filtranti per gli altri attaccanti.

Al trentesimo minuto del secondo tempo, conquistò un calcio d'angolo ed andò lui a batterlo, contrariamente al solito.

Guardò negli occhi il terzino Obregòn, con il quale divideva la stanza nei ritiri, come a dire:

    –    Stai attento, che ora ti passo la palla.

Disegnò una parabola lunghissima che tagliò fuori tutta la difesa tedesca: dall'altra parte dell'area di rigore era rimasto solo Obregòn, che si coordinò e tirò al volo di sinistro, lui che era un mancino naturale.

La palla si insaccò all'incrocio dei pali, nonostante il tentativo di parata del portiere.

Obregòn, fuori di sé dalla gioia, corse ad abbracciare Carlito: era il suo primo gol in Champions League, proprio nella serata più importante!

Sull'onda dell'entusiasmo il Real sfiorò il gol altre volte, ma stavolta il portiere tedesco, un veterano della nazionale, riuscì ad impedirlo.

Mancavano ormai pochi minuti alla fine: al limite dell'area di rigore, Carlito aveva ricevuto la palla dando le spalle alla porta e si stava per girare, quando il difensore, un gigantesco nigeriano naturalizzato, lo stese con uno sgambetto, rimediando una meritata ammonizione. Era punizione diretta, sentenziò l'arbitro; Carlito sistemò la palla e guardò come erano posizionati la barriera ed il portiere.

Schwartz, il portiere tedesco, sicuramente aveva studiato il modo in cui lui era solito tirare le punizioni da quella posizione, così ebbe l'idea di cambiare piede: anziché di sinistro, avrebbe tirato di destro.

Così fece: il portiere, che si aspettava un'altra traiettoria, si era già spostato verso l'angolo opposto della porta, quando si accorse che invece il tiro era diretto dove stava prima, ma ormai era troppo tardi.

Con un balzò cercò di rimediare, ma riuscì solo a sfiorare il pallone, che si insaccò inesorabilmente.

Mezzo stadio balzò in piedi: era fatta!

Dopo pochi secondi l'arbitro fischiò la fine dell'incontro: il Real aveva vinto e per questo doveva ringraziare un ragazzino di nemmeno vent'anni.

Dopo la premiazione e la consegna della coppa i compagni presero di peso Carlito e lo portarono in trionfo a fare il giro del campo; prima però Carlito andò a salutare i suoi genitori, seduti vicino alla panchina dell'allenatore.

# 7.

Quando Carlito compì quindici anni, cinque anni dopo la sua prima visita da Hoffmann, dalla clinica giunse una lettera indirizzata a Pedro che diceva:

"Caro Sig. Tabassi, il Prof. Hoffmann ritiene opportuno una ulteriore visita a suo figlio Carlito per verificare che la cura abbia fatto effetto e tutto proceda regolarmente.

Siete pertanto invitati a presentarvi presso di noi; se accettate, provvederemo a prenotarvi un soggiorno di una settimana nell'albergo Bellevue, a 100 metri dalla clinica. Le spese saranno interamente sostenute dalla Clinica Hoffmann".

Così Pedro e Carlito tornarono in Svizzera (Maria preferì starsene a Buenos Aires) e il ragazzo fu sottoposto ad una lunga batteria di esami.

Infine, Hoffmann lo visitò:

- Allora, Carlito, tuo papà mi ha detto che sei un campione – gli disse, in tono affabile.

- Naa, papà esagera sempre, diciamo che sono un buon giocatore, anche se sono molto migliorato ultimamente.

- Ah, sentiamo: in cosa sei migliorato, esattamente?

- Riesco a correre più a lungo degli altri miei compagni, ad esempio; verso la fine della partita, quando molti hanno il fiatone, spesso riesco ad arrivare prima sul pallone rispetto ai difensori. Molti gol li ho fatti negli ultimi minuti delle partite.

- Bene, vuol dire che ti alleni seriamente.

- Anche i miei compagni si allenano duramente, eppure io...senta, professore, ma non è che per caso quella cura ormonale mi ha dato delle forze in più?

- No, lo escludo – rispose Hoffmann con risolutezza – la cura ormonale che ti abbiamo somministrato ti farà semplicemente crescere fino ad arrivare alla statura che avresti avuto in modo naturale.

- Ah, va bene, se lo dice Lei...

Mentre Carlito si rivestiva nella stanza attigua, Pedro parlò con Hoffmann:

- Senta, professore, Carlito non mi ha mai chiesto nulla direttamente ma credo che sospetti qualcosa.

- Non è niente, Lei deve solo rassicurarlo; vedrà che, col tempo, sarà naturale per lui possedere quelle caratteristiche. Piuttosto, vorrei dare a Carlito un rinforzo, un cocktail di sostanze che potenzino il GH finché non ci sarà la fine dell'accrescimento osseo.

– Davvero? Ma che azione hanno? E quanto durano?

– Sono sostanze a lento rilascio, e durano per mesi. Secondo le tabelle auxologiche, la statura di Carlito rientra nei parametri normali. E' sufficiente che venga seguito dal vostro medico (o da quello della sua società di calcio) per controllare se tutto procederà bene fino alla fine della pubertà. Se non è così, mi chiami che faremo un altro controllo.

– Grazie, professore. Senta...mi permette una domanda?

– Ma certo, mi dica.

Pedro era imbarazzato ma glielo voleva chiedere da anni:

– Carlito non è il primo bambino che... cura in questo modo, vero?

– No, non è il primo. Lei vuole sapere quanti ce ne sono stati prima di lui, vero?

– Beh, è solo una curiosità; immagino che Lei non possa dirlo, e poi è un segreto professionale, credo.

– Tutto ciò che Le posso dire è che ho iniziato a fare questi studi molti anni fa, sugli animali. In seguito ho provato le stesse cure sugli esseri umani, ed hanno avuto pieno successo. Si stupirebbe, se sapesse quanti atleti (di tutte le discipline) sono passati da questa stanza.

– Certo, immagino. Ed è andato sempre tutto bene?

– Sì, signor Tabassi, non si preoccupi – ora il tono di Hoffmann era quasi paterno – sono padre anch'io, non farei mai nulla di male al suo ragazzo.

— Sì, professore. Grazie.

## 8.

I festeggiamenti per la vittoria della Champions League proseguirono per due giorni: prima all'aeroporto di Madrid, dove Carlito e i suoi compagni di squadra furono "sequestrati" per ore dai tifosi che volevano fare i selfie con gli eroi di Wembley, poi sull'autobus scoperto che girò per le vie della capitale spagnola. Fu in quell'occasione che Carlito vide Olga per la prima volta; lei era con un gruppo di modelle che stavano facendo un servizio fotografico e che ne avevano approfittato per conoscere alcuni giocatori della squadra, tra i quali lui. Si erano fatti dei selfie e aveva rilasciato alcuni autografi a lei e alle sue amiche; era rimasto folgorato dalla sua bellezza. Era dai tempi di Teresa che una donna non lo colpiva così tanto; ma ora era meno timido. Si fece dare il suo numero di cellulare ed iniziò a farle una corte spietata.

Sei mesi dopo si sposarono.

Naturalmente i suoi genitori, soprattutto Pedro, cercarono di dissuaderlo: si conoscevano da troppo poco tempo, lei sicuramente mirava solo ai soldi di Carlito e a farsi pubblicità, cose così.

Carlito sospettava che il vero motivo fosse un altro, e cioè che, per la prima volta, lui stava prendendo una decisione autonomamente, senza consultarsi con suo padre; e questo, Pedro non riusciva a sopportarlo.

Si sposarono durante la sosta natalizia del campionato ed andarono in viaggio di nozze alle Mauritius, un vero paradiso; Carlito avrebbe voluto rimanere laggiù per sempre, ma il dovere (sotto forma di allenatore scorbutico) lo richiamò all'ordine.

Al rientro il Real giocava contro l'ultima in classifica, una partita di tutto riposo; Carlito venne messo in panchina (e stavolta non si sognò di protestare), così non ebbe alcuna responsabilità per i tre gol che il Granada appioppò alle merengues nel primo tempo.

I tifosi erano inferociti; durante l'intervallo l'allenatore strigliò a dovere i giocatori e disse a Carlito:

— Preparati, che ti farò entrare tra poco.

Lui non era per nulla entusiasta alla prospettiva, d'altra parte non potevano concludere così quella partita.

Al decimo minuto del secondo tempo, Carlito entrò al posto di un difensore, extrema ratio per chi sta perdendo malamente.

Si accorse che qualcosa non andava quasi subito: i difensori del Granada arrivavano sul pallone sempre prima di lui, cosa impensabile per uno che aveva fatto dell'anticipo la sua specialità.

Ma Carlito era pur sempre la Folgore (nomignolo coniato dai tifosi), quindi riuscì per una volta ad arrivare prima e segnò, riprendendo la respinta del portiere dopo un tiro di Obregòn.

Riuscì ad anticipare il difensore solo un'altra volta: quello lo sgambettò al limite dell'area. Era punizione diretta: la barriera era stata messa molto male dal portiere, e lui ne approfittò, segnando il secondo gol.

Non bastò, perché l'arbitro fischiò subito dopo la fine dell'incontro.

Tutti i commentatori diedero buoni voti a Carlito, che aveva riaperto la partita anche se non era stato sufficiente ad evitare una sconfitta clamorosa che aveva fatto perdere al Real la testa della classifica; però lui, in cuor suo, sapeva la verità, ossia che qualcosa non andava.

## 9.

Durante la notte a Carlito vennero dolori lancinanti al polpaccio sinistro e che si irradiavano alla gamba; il medico della società, il dottor Luis Campos, lo visitò e, dopo un po', assunse un'espressione mista tra sorpresa e sgomento:

    — Carlito, tu hai la tromboflebite.

    — Ah, sì? Ed è una cosa grave?

    — No, ma potrebbe diventarlo, quindi bisogna iniziare subito una terapia; certo che è strano che tu abbia questa malattia alla tua età. Credo sia dovuta al tuo ematocrito anomalo.

    — Oh, nooo! Di nuovo con questa storia?

Carlito venne comunque ricoverato per accertamenti e per gli esami del caso: fu scelta una clinica privata della città, e la società del Real Madrid mantenne il più assoluto riserbo sulla vicenda.

Carlito non venne convocato per la partita successiva, e nemmeno per quella dopo.

Senza il suo fondamentale apporto, la squadra non vinse più una partita per un mese di seguito e scivolò al terzo posto in classifica.

## 10.

    — Signor Tabassi, è meglio che ci dica tutto quello che sa sulle terapie che suo figlio ha sostenuto presso la clinica del professor Hoffmann.

Pedro era stato convocato nella sede del Real Madrid, ed era stato sottoposto ad un vero e proprio interrogatorio, da parte del general manager della società e dal medico della squadra, molto preoccupati per la salute di Carlito.

– Ho sempre fatto tutto nell'interesse del ragazzo; tutto quello che so è che le terapie di Hoffmann erano, e sono, ben sperimentate e senza rischi per i pazienti.

– A quanto pare non è così, signor Tabassi – gli rispose il general manager, Diego Vazquez – e Le ricordo che il contratto che Carlito ha firmato presupponeva che il ragazzo fosse "in buona salute e senza patologie conosciute in atto".

– Carlito sta bene e non è dopato! - gridò Pedro, più a se stesso che per rispondere ai suoi interlocutori.

## 11.

Comunque, dopo un mese di "infortunio" ed uno di convalescenza e di cure a base di salassi terapeutici, Carlito ricominciò gli allenamenti.

Ormai il campionato era andato (il Real era staccato dal Barcellona di quindici punti), ma la Champions League entrava nella fase finale ed il Real, da detentore, aveva il dovere di onorarla nel miglior modo possibile.

Durante i mesi di inattività Carlito si era ripreso, ed aveva anche ricevuto una notizia che lo aveva riempito di felicità, unico raggio di sole in quel periodo plumbeo: Olga era incinta!

Ciò lo aveva inorgoglito, all'inizio; ma ora lo faceva sentire più maturo, e pronto a prendersi le sue responsabilità.

Affrontò il padre a muso duro; avrebbe dovuto farlo anni prima, ma non ne aveva mai avuto il coraggio, o forse, più che per vigliaccheria, non lo aveva fatto per ignavia, perché, in fondo, gli stava bene così.

Ora però era cresciuto: non era più un burattino nelle sue mani ma un uomo, e presto sarebbe diventato padre a sua volta.

> – Ora basta, papà: è venuto il momento che tu mi dica la verità, una volta per tutte – stavolta Carlito era deciso ad andare fino in fondo.

Pedro era sempre più pallido, e si vedeva che era combattuto tra l'esigenza di dirgli tutto e quella di continuare a negare, soprattutto a se stesso:

– Il professor Hoffmann ha fatto tutto il necessario per guarirti, ma io non sono un medico, non so che cosa ti ha dato esattamente.

> – Davvero, papà? Vuoi dire che non ti ha detto se mi ha iniettato ormoni o cellule staminali per aumentare le prestazioni? Scusa, ma non è molto credibile.

> – Pensala come vuoi, è andata così.

> – D'accordo, se insisti allora c'è una sola cosa da fare: andrò io stesso in Svizzera e gli chiederò che cosa mi ha fatto.

Ma non c'era tempo, la Champions League incombeva e bisognava giocare la semifinale contro il Manchester City; nella partita di andata in Inghilterra Carlito entrò solo nel secondo tempo, quando le squadre erano sullo zero a zero.

Nonostante l'inattività, si sentiva abbastanza bene e si mosse con agilità, come l'anno prima.

Il Real si rese pericoloso molte volte, infine riuscì a segnare: Obregòn, che nelle partite di coppa si esaltava, fece un cross perfetto dalla sinistra e Carlito, anticipando il difensore, con un tiro al volo insaccò la palla colpendola di destro, che non era neppure il suo piede preferito.

Il Real aveva vinto, "Bentornato Carlito!" Intitolarono i giornali sportivi.

Nonostante i consigli del dottor Campos che lo invitava alla prudenza, Carlito si rituffò nel clima agonistico come se nulla fosse successo.

Hoffmann doveva aspettare: del resto, non poteva sollevare un caso proprio in questo momento della stagione.

La partita di ritorno al Bernabeu vide, come sempre, il tutto esaurito: per il Real, fuori dalla lotta per lo scudetto ed eliminato anche dalla Coppa del Re (ad opera dell'Atlètico Madrid, il colmo della vergogna...), un'altra Champions avrebbe salvato una stagione fallimentare.

Però il City era nelle medesime condizioni del Real, ovvero gli rimaneva la Champions League come unico obiettivo stagionale, quindi iniziò la partita con il coltello tra i denti.

Impose alla partita un ritmo infernale che mise le merengues subito in difficoltà; i suoi compagni non videro la palla per almeno venti minuti, il tempo necessario al City per fare due gol e sfiorarne un altro.

L'allenatore chiamò a sé Carlito e gli chiese:

– Carlito, stai bene, te la senti di entrare?

– Io mi sento bene, non c'è problema.

Quando Carlito si alzò e si tolse la pettorina, lo stadio fu scosso da un boato: tutti si alzarono e cominciarono a scandire il suo nome:"Car-li-to, Car-li-to!".

Carlito ne fu quasi intimidito, questa gente si aspettava sempre da lui delle cose eccezionali, ma lui non era certo un mago!

Entrò alla mezz'ora, quando gli inglesi avevano iniziato a rifiatare un po' dopo un primo tempo eccezionale; da un calcio d'angolo gli arrivò un buon pallone ma sbagliò lo stop (boato di delusione dagli spalti), però non si perse d'animo e iniziò a giocare con semplicità.

L'arbitro fischiò la fine del primo tempo: il Real aveva giocato molto male ed era a un passo dall'eliminazione.

Il pubblico iniziò a fischiare, ma con moderazione: ora che era entrata la Folgore, c'era qualche speranza in più.

Nel secondo tempo, dopo una memorabile strigliata da parte dell'allenatore (che era calmo e tranquillo, ma che quando voleva sembrava il sergente di Full Metal Jacket), la squadra iniziò a giocare con un piglio diverso.

Si vedeva che tutti confidavano in Carlito, affinché inventasse un'azione delle sue: dopo un quarto d'ora, un centrocampista gli passò la palla e lui, anziché girarsi per tirare, con un colpo di tacco smarcò l'altro attaccante Ortega che, solo davanti al portiere, non ebbe difficoltà a segnare.

Tutti lo festeggiarono ma lui si negò, per risparmiare tempo; stavano ancora perdendo, non se n'erano accorti?

Il Real continuò ad attaccare incessantemente, ma la porta del City sembrava stregata: o il portiere, o lo stinco di un difensore riuscivano a impedire che quel pallone andasse dentro la rete.

A cinque minuti dalla fine, la mossa della ultra-disperazione: l'allenatore fece uscire Obregòn (che non ci voleva credere) e fece entrare Thomas O'Brian, uno spilungone irlandese che con la palla a terra era una frana, ma che in compenso era imbattibile di testa.

O'Brian era stato un acquisto fallimentare, un giocatore "non da Real" come avevano scritto i giornali, ed infatti sarebbe stato sicuramente venduto a fine stagione.

Però, come a volte capita nelle partite e anche nella vita, anche gli outsider possono avere i loro momenti di gloria.

Il momento di O'Brian venne quella sera, quando Carlito disegnò una perfetta parabola che si concluse sul testone di capelli rossi dell'irlandese.

L'attaccante andò in cielo e incornò la palla: questa si insaccò all'incrocio dei pali.

Una doppia soddisfazione per Tommy: il gol che valeva l'accesso alla finalissima e la soddisfazione di sbattere fuori una squadra inglese.

## 12.

L'impresa di Tommy venne archiviata subito, perché li aspettava al varco la rivale degli ultimi anni, il Bayern Monaco.

I tedeschi avevano eliminato in semifinale gli odiati catalani, ed arrivavano alla finale caricatissimi e favoriti per la vittoria.

Erano infatti freschi vincitori del loro campionato, mentre il Real aveva avuto una stagione con più ombre che luci.

Il caso, o il destino, volle che la città scelta per la finale fosse Milano; Carlito decise così di andare da Hoffmann subito dopo la partita.

Il dottor Campos raccomandò a Carlito di non esagerare con gli scatti e le serpentine: temeva una sua ricaduta, inoltre da qualche tempo il ragazzo soffriva di disturbi intestinali. Il medico (ed anche il diretto interessato) ritenevano che ciò fosse dovuto allo stress per un finale di stagione molto intenso, però il medico aveva un sospetto e quindi aveva fatto fare a Carlito dei test, di cui attendeva ansiosamente l'esito, augurandosi che fossero negativi.

E arrivò la serata fatidica, la finalissima; la cornice di pubblico era, al solito, indimenticabile.

Lo stadio Meazza era stato equamente suddiviso in due metà, stendardi e bandiere bianche da una parte e rossoblu dall'altra.

A metà campo, in mezzo alle panchine, troneggiava la coppa dalle grandi orecchie.

Le squadre si conoscevano benissimo e l'inizio fu molto guardingo, quasi noioso; nessuna delle due voleva prendere l'iniziativa, col rischio di scoprirsi al contropiede avversario.

I tentativi dei due attaccanti più accreditati, Tabassi da una parte e Braun dall'altra, erano regolarmente fermati dalle due difese, concentratissime e senza alcuna sbavatura, tanto che il primo tempo si concluse senza neanche un tiro nello specchio della porta.

Alla ripresa, il Bayern decise di rompere gli indugi e iniziò a collezionare calci d'angolo in serie, e si rese pericoloso con tre colpi di testa di Braun. In uno di questi il portiere del Real, Guillermo Diaz, si guadagnò lo stipendio con un balzo felino quando mezzo stadio stava già gridando al gol.

Poi fu la volta del Real di rendersi finalmente pericoloso con Carlito e col suo collega Ortega, ma non ci fu nulla da fare.

Infine, in pieno recupero oltre al novantesimo minuto, punizione per il Real: Carlito aggiustò il pallone e guardò barriera e portiere.

Schwartz sicuramente si ricordava dello scherzetto dell'anno prima, quindi si posizionò al centro della porta; Carlito prese la rincorsa e, di destro, fece un tiro a effetto che sarebbe terminato in fondo alla rete (nonostante il tentativo del portiere), se non avesse preso il palo interno.

La palla schizzò dalla parte opposta e percorse la linea di porta, senza varcarla, finché un difensore non la allontanò con un gran calcio.

Un "Ohhh!" di delusione percorse mezzo stadio (ed un sospiro di sollievo l'altra metà); si andò così ai supplementari, proprio quello che Carlito, già affaticato, temeva.

Come prevedibile, le squadre non vollero correre rischi preferendo arrivare ai calci di rigore.

Però su un calcio d'angolo per il Bayern all'ultimo minuto del secondo tempo supplementare, la palla arrivò a Braun che, invece di tirare al volo, decise di stopparla.

Pessima idea, si allungò troppo la palla che venne intercettata da Obregòn, il quale iniziò un contropiede micidiale poiché i tedeschi erano scoperti: il terzino lanciò Carlito che superò agevolmente un difensore, tanto grosso quanto lento, e si avviò da solo verso l'area di rigore avversaria, difesa dal solo Schwartz.

Mezzo stadio (la parte blanca) stava già pregustando l'ennesimo trionfo quando accadde l'imprevedibile: Carlito si accasciò a terra urlando, in preda ad un dolore lancinante al polpaccio sinistro, dieci volte più intenso dell'altra volta.

Schwartz agguantò la palla e l'arbitro fischiò la fine dei tempi supplementari: la finale sarebbe stata decisa ai calci di rigore.

Contemporaneamente, arrivò la barella per soccorrere Carlito: il dottor Campos intervenne subito, togliendo scarpa e calzettone e scoprendo la gamba ed il piede sinistro. Così tutti videro, in mondovisione, che la gamba di Carlito aveva assunto uno strano colore rossastro.

## 13.

Carlito venne subito trasportato in ambulanza all'ospedale Niguarda per essere operato d'urgenza; non assistette neppure alla serie di calci di rigore, nella quale i suoi compagni, sotto shock, non ne segnarono neppure uno (contro i tre segnati dai tedeschi).

In un clima surreale, il Bayern festeggiò la vittoria, anche se il pensiero di tutti, giocatori, tifosi e spettatori televisivi, era sulla sorte del ragazzo-meraviglia soprannominato la Folgore.

L'operazione andò bene: i chirurghi rimossero il trombo che aveva bloccato il circolo venoso dando quei dolori lancinanti al povero Carlito, che comunque, assistito dal dottor Campos e dai suoi genitori (Olga, incinta al nono mese, era rimasta a Madrid), rimase in convalescenza all'ospedale milanese.

Una settimana dopo, Carlito si sentì in grado di uscire e, contro il parere dei medici, firmò per essere dimesso.

Da solo ed in segreto, noleggiò un'auto e andò in Svizzera alla clinica di Hoffmann.

Il professore fu sorpreso di vederlo, essendo convinto, come tutti, che fosse ancora a Milano:

- Carlito, sono contento che tu ti sia ripreso così presto dall'intervento – gli disse, e sembrava sincero.

- Grazie, professore – gli rispose  - ma se sono qui non è per una visita di cortesia: voglio sapere, una volta per tutte, che cosa mi ha fatto.

- Che cosa vuoi dire? Te l'ho già spiegato l'ultima volta che ci siamo visti.

– Professore, non sono un idiota – disse risolutamente –
io ho la tromboflebite, una malattia tipica di una
sessantenne, a meno che non si abbia un ematocrito
fuori norma, come il mio.

– E' possibile che la tua eritropoietina funzioni meglio di
quella degli altri – ammise lui – ma questo ti ha dato
più vantaggi che inconvenienti, almeno fino a oggi.
Certo, quello che ti è successo impone di fare
accertamenti approfonditi e lo potremo fare, anche in
collaborazione col tuo medico di fiducia, se vuoi.

Hoffmann sembrava stranamente conciliante: Carlito si
ricordava  che il professore era estremamente geloso delle
proprie procedure e dei suoi "cocktail della salute" (come li
chiamava lui), quindi  iniziò ad essere molto guardingo.

– Se proprio vuole collaborare, perché non mi dà la lista
delle sostanze che mi ha iniettato, da quando sono
venuto qui la prima volta? - gli chiese Carlito.

– Mi dispiace, ma non posso, sono procedure riservate –
gli rispose, senza abboccare.

– Ah, davvero? E se la WADA glielo imponesse? -
Carlito la buttò lì, con apparente noncuranza.

– E' una cosa che non andrebbe bene per nessuno, a
partire dalla FIFA fino alla UEFA, per finire alle varie
federazioni nazionali. Vedi, Carlito – ora il tono di
Hoffmann era quello di un maestro che spiega ad uno
scolaretto una cosa ovvia – il 50% dei giocatori che
gioca la Champions League è dopato, e l'altra metà è
super-dopata come te. E per i campionati nazionali, è
la stessa cosa. Le varie federazioni lo sanno, per
questo i controlli anti-doping sono una barzelletta. Il
motivo è sempre lo stesso: business, soldi, quattrini.

Più ne girano, più interessi ci sono che tutto rimanga
così com'è.

- Quindi vuol dire che... cioè che i miei compagni, o i
  giocatori delle altre squadre in Spagna, o in Germania,
  o in Italia, prendono regolarmente sostanze proibite e
  nessuno... - Carlito stava balbettando, stentando a
  credere a tale enormità.

Se ne era andato sconfitto, annientato.

Per tutto il viaggio di andata si era ripetuto cosa fare, cosa
chiedere a Hoffmann; ma ora, questa rivelazione, il fatto che
tutto il mondo che conosceva fosse una falsità, una colossale
messa in scena, per lui era troppo.

## 14.

Dopo aver lasciato l'auto a noleggio, si ricongiunse con i suoi
genitori che lo stavano aspettando in un albergo di Milano.

Presero l'aereo e tornarono a Madrid; all'aeroporto il dottor
Campos lo stava aspettando con un'altra, pessima notizia.

- Carlito, ti ricordi gli esami che hai fatto per i tuoi
  problemi intestinali?

- Certo che me li ricordo, che cos'altro mi deve dire,
  dottore?

- Bisogna fare un'endoscopia urgente, abbiamo trovato
  del sangue nelle feci.

Altro ricovero, altro intervento; stavolta era una cosa davvero
grave, soprattutto per un ragazzo di vent'anni: una malattia
tipica della mezza età, un tumore del colon-retto.

Dopo il risveglio dall'anestesia (per fortuna l'operazione era andata benissimo), papà Tabassi, che aveva vegliato Carlito nelle ultime dodici ore, lo guardò con sollievo e gli chiese come stava. E poi:

- Carlito, che cosa vuoi fare ora? - Pedro nelle ultime settimane sembrava invecchiato di dieci anni, consumato dal senso di colpa per avere trascinato il figlio in quella situazione.

- Papà, quello che mi hai fatto è imperdonabile, anche se ora capisco molte cose: tu non sei certo l'unico, né il principale colpevole. Per favore, convoca per venerdì una conferenza stampa presso la sede della società. Devo fare un annuncio.

- Davvero? Che cosa vuoi comunicare, non puoi anticiparmi qualcosa?

- No, è meglio di no.

Cinque giorni dopo la sala stampa della società del Real Madrid era gremita di giornalisti, tifosi e semplici curiosi.

Dopo gli ultimi avvenimenti e soprattutto le ultime disavventure legate alle sue condizioni di salute, tutti si aspettavano un annuncio clamoroso, da parte di Carlito. Non furono delusi.

- Signore e signori, grazie per essere venuti qui. Queste ultime settimane sono state molto difficili per me e per la mia famiglia, e sono state allietate solo dalla nascita di mio figlio Pedrito. L'episodio accaduto durante la finale di Champions League e poi la delicata operazione alla quale sono stato sottoposto pochi giorni fa mi hanno convinto che la soluzione migliore è il mio ritiro, definitivo e irrevocabile, dal calcio giocato.

Dalla sala venne un brusìo di sorpresa e sgomento:

- Signor Tabassi, e le voci di doping? - chiese un giornalista di una testata italiana.

- Un attimo, vorrei continuare con la dichiarazione – continuò con calma Carlito – questi miei malanni, inusuali per un ragazzo della mia età, sono stati causati dagli interventi ai quali sono stato sottoposto, dall'età di dieci anni, nella clinica del Professor Hoffmann in Svizzera.

- Quindi Lei sta accusando Hoffmann di averla dopata? - intervenne un giornalista catalano.

- Esattamente, e senza il mio consenso. Il Professore, sfruttando la debolezza di mio padre, glielo ha estorto e mi ha trasformato in una cavia da laboratorio. Ma io ora dico basta, e spero che il mio esempio serva a fare uscire allo scoperto anche altri, calciatori o sportivi professionisti in genere, che sono nelle stesse mie condizioni. Perché mi sono reso conto che, per essere un vero campione, non basta vincere competizioni, scudetti o coppe: bisogna anche assumersi le proprie responsabilità, e pagarne le conseguenze. Solo così si potrà essere un esempio per i ragazzi, o per il proprio figlio.

- Dunque possiamo scrivere questo? - chiese un altro giornalista.

- Oh, no. Ho appena cominciato. Io accuso di negligenza e di connivenza nella finta lotta al doping: la federazione mondiale FIFA, quella europea UEFA, la federcalcio spagnola, quella tedesca, quella italiana, quella inglese...

# LA TERRA PROMESSA

Buio. Caldo, insopportabile. E poi la puzza, di sudore, di piscio, di altre cose non identificabili. E' stata la prima cosa che mi ha colpito, quando sono sceso là sotto.

> – Vai là, quello è il tuo posto – mi dice quel tizio, e io mi acquatto, disciplinato.

Anche perché, se è vero ciò che ho sentito, chi fa storie rischia grosso: per molto meno ti buttano a mare, non prima di averti accoltellato (se sei donna, innanzitutto ti stuprano; almeno quello, me lo posso risparmiare...).

Ne arrivano altri dieci dopo di me: li sistemano in coperta e poi, finalmente, si parte. Tremila euro per un carro bestiame, proprio un buon affare; le navi negriere dovevano essere simili a questa bagnarola, chissà.

L'umanità accanto a me racconta la mia stessa vita: tante speranze e poi la crisi economica, devastante, che dura ormai da venti anni. Come ultimo regalo, una guerriglia anti-governativa strisciante, in risposta alle riforme che hanno impoverito ulteriormente i poveracci ed arricchito gli oligarchi. Solo che, nell'ultimo anno, c'era stato un salto di qualità con attentati in serie contro banche, istituzioni ed uffici del governo. I media non davano dati attendibili, ma fonti non ufficiali parlavano di migliaia di morti, tra attentati e risposte dell'esercito, che loro chiamavano "azioni di polizia".

In una di queste era morto mio padre: era successo sei mesi fa.

Un gruppo di giovani aveva attaccato una caserma con bottiglie molotov e poi erano scappati verso la periferia della città. Una pattuglia li aveva intercettati ed aveva cominciato a sparare, senza curarsi del fatto che si trovassero vicino ad un parco, con anziani e bambini. Un proiettile centrò in pieno mio padre, uccidendolo sul colpo.

Mia madre morì di crepacuore due mesi dopo; fu allora che decisi di andarmene. Ormai non c'era più nulla che mi trattenesse in questo posto schifoso; mi ci è voluto un po', ma alla fine sono riuscito a raggranellare la somma sufficiente per affrontare il lungo viaggio.

Ed eccomi qui, mezzo morto per la stanchezza, la fame, la sete ed il caldo.

Una donna anziana non ce l'ha fatta: l'hanno buttata in mare stamattina. Si era lamentata per tutta la notte tenendo tutti svegli poi, improvvisamente, il silenzio.

Tutti pensavano che si fosse finalmente addormentata, invece no.

Chiediamo allo scafista quanto manca all'arrivo e quello manco ci risponde; dai calcoli di qualcuno dovremmo essere vicini alla costa. E' però impossibile essere precisi, se non sai a che velocità stai andando; uno che dice di saperla lunga fa, sicuro:

    — Sei, otto ore al massimo e ci siamo.

Io scelgo di credergli, anche perché tra nove ore potrei buttarmi a mare da solo, per lo sfinimento.

Finalmente, dopo cinque ore, lo scafista esce dal mutismo e annuncia:

    — Ci siamo, ora alzatevi due per volta e non agitatatevi.

Alcuni non riescono neppure a muoversi, e lo scafista, in un sussulto di umanità (o forse perché vuole subito liberare il posto), lo aiuta.

–   L'aria aperta, finalmente, che meraviglia!

Respiro come se fosse quello dopo il primo vagito. Sarà quello della mia seconda vita? E' quello che spero, quello che sperano tutti i miei compagni di viaggio.

–   Ahmed! - lo scafista chiama un uomo che si è avvicinato al luogo di sbarco. Per fortuna c'è la luna piena, altrimenti non si vedrebbe nulla.

Ci buttiamo in acqua e arriviamo alla spiaggia: il fondale in quel punto è basso, e non si corre il rischio di affogare.

Ahmed raduna tutti e poi fa segno di seguirlo; arriviamo in un capannone poco distante.

Tre anziani, due uomini e una donna, sono allo stremo delle forze: Ahmed e un altro, che era dentro la baracca, cercano di aiutarli dando loro dell'acqua.

Per tutti gli altri, oltre all'acqua, c'è pane arabo e qualche oliva.

Un po' a gesti e un po' in francese, ci fa capire che dobbiamo accontentarci di quella miseria, che non basta neppure per tutti.

Sì, lo sapevamo, questa non è una crociera, penso io.

Riesco a procurarmi mezza pagnotta e dell'acqua. Esco dal capannone per guardare la luna e le stelle.

E' il cielo della Tunisia, il cielo dell'Africa. La mia terra promessa.

# L'UNICORNO CINESE

## 1.

A Marco il sangue non aveva mai fatto effetto e per questo, quasi naturalmente, aveva optato per la carriera chirurgica a differenza di suo nonno e di suo padre, medici internisti.

Aveva anche deciso di sua iniziativa, e contro il parere di suo padre che gli aveva già riservato un posto nel suo ospedale, di sfruttare gli anni di pratica e di andare all'estero, là dove la mano di un bravo chirurgo è davvero indispensabile e può fare la differenza tra la vita e la morte.

Aveva chiesto e ottenuto di andare nelle zone di guerra con Emergency, e non se ne era mai pentito, fino a quel momento.

Per cinque anni aveva tagliato, ricucito, amputato organi e membra straziati da bombe, mine e proiettili ad alta penetrazione.

Però, davanti a quel bambino palestinese di cinque anni con l'addome spappolato e i visceri che gli uscivano, qualcosa sentì rompersi dentro di sé; si sedette in un angolo della sala operatoria e iniziò a piangere.

I suoi colleghi non gli fecero domande, quando Marco annunciò che se ne sarebbe tornato in Italia.

## 2.

> — Marco, sono qui! - Suo padre era venuto a prenderlo all'aeroporto della Malpensa, ed era felice che suo figlio, finalmente, avesse messo "la testa a posto", come aveva detto ai suoi colleghi.

–   Ciao, papà – non avresti dovuto venire, potevo prendere l'autobus – disse Marco, comunque contento di vederlo.

Si abbracciarono, e Giuseppe Guasti disse:

–   Era così terribile laggiù?

–   Sì, lo era; ma soprattutto é terribile il senso di impotenza che uno prova, di fronte a tragedie come quella.

In auto parlarono del suo futuro; Giuseppe aveva grandi idee su quello del figlio:

–   Ho parlato di te al mio collega di Chirurgia d'Urgenza, cercano proprio uno con le tue caratteristiche, uno con esperienza in ferite e traumi in genere.

–   Perché? Milano è entrata in guerra e io non ne sono stato informato? - gli chiese Marco, cercando di essere spiritoso.

–   Ah, no, però in questi ultimi tempi sono aumentati quel tipo di traumi, il mio collega ti spiegherà. Naturalmente il posto è precario, però i concorsi sono stati sbloccati e tra un anno o due, se dimostrerai il tuo valore, avrai ottime possibilità di vincerne uno.

Giuseppe Guasti non aveva mai digerito la scelta del figlio di andare all'estero in posti pericolosi. Gli pareva assurdo buttare via anni di studi e di sacrifici per niente, per aiutare quattro straccioni che sarebbero morti in ogni caso. Ora, finalmente, il figlio sembrava rinsavito e pronto per iniziare quella vita per la quale era destinato: un posto di prestigio in un ospedale pubblico, consulenze presso qualche clinica privata, una volta che si fosse fatto conoscere, il matrimonio con una ragazza appartenente al mondo dell'alta borghesia e oplà, tutte le fregole terzo-mondiste sarebbero evaporate.

In effetti il lavoro era piacevole e quasi rilassante, per quanto uno si possa rilassare in una sala operatoria. Il direttore del reparto nonché amico di suo padre, il dottor Cerami, lo aveva preso in simpatia e lo stimava per le scelte che Marco aveva fatto in passato.

>    – Sa, anch'io vorrei partire in missione all'estero per qualche mese, ma con la famiglia, i figli, come si fa? - gli aveva detto, nel colloquio iniziale – finché si è giovani come lei si può fare, ma dopo diventa molto più difficile.

Marco questo la sapeva benissimo; lui lo aveva deciso per reazione alla morte della madre.

Gli era sembrata l'unica cosa da fare per fuggire al dolore: sua madre, impegnata in opere benefiche per la parrocchia, era stata colpita da un tumore polmonare e in sei mesi se ne era andata. Mentre il padre si era buttato ossessivamente nel lavoro in ospedale, Marco aveva preferito andarsene lontano, ma in fondo sia padre che figlio avevano avuto una reazione analoga.

## 3.

Marco vide il primo caso di bambino trafitto da unicorno un mese dopo aver iniziato il nuovo lavoro; per fortuna, non era una ferita grave. Il corno gli aveva trafitto un fianco, gli aveva sfiorato il fegato senza lederlo e la ferita non aveva sanguinato granché, quindi bastò tamponarla e poi applicare qualche punto di sutura.

Chiese ai colleghi:

>    – Ma cosa diavolo sono questi unicorni?

Lo guardarono come se arrivasse da un altro pianeta (il che, tutto sommato, aveva un fondo di verità) e uno di loro gli rispose:

> – Sono gli animali domestici più alla moda, almeno per le famiglie abbastanza ricche da poterseli permettere. Li stiamo importando dalla Cina, tanto per cambiare.

Da una veloce ricerca sul web, Marco apprese che questi unicorni erano, in realtà, dei pony modificati con geni di rinoceronte, in modo da avere un corno sulla fronte.

Queste creature erano state inventate da un certo dottor Chang, che a quanto pareva era un genio nel campo della genetica veterinaria.

In Cina la ricerca biomedica era fiorente, ma quella nella genetica era esplosa, con migliaia di scienziati che lavoravano nelle sue applicazioni in vari rami, sia della veterinaria che dell'agricoltura oltre che nella terapia delle malattie genetiche umane.

A Chang, dopo anni passati a studiare alcune rare malattie umane, era venuta l'ossessione degli unicorni, da quando era stato in Italia e aveva ammirato il quadro di Raffaello che raffigurava una dama con un liocorno.

Tornato in Cina, e dopo aver riscoperto anche la tradizione cinese sugli unicorni, che li vedeva come simbolo di buon augurio, decise di dedicare tutte le sue energie nel ricreare il mito medievale del cavallo con il corno.

Siccome però l'industria per cui lavorava non era un ente benefico, il general manager gli impose di realizzare un animale più piccolo di un cavallo, che fosse possibile tenere in casa o, al massimo, in un grosso giardino.

Così Chang ebbe l'idea di "modificare" un pony e trasformarlo in unicorno: riuscì a far crescere nella sua zona frontale un corno, ma riuscì pure a modificarne la forma, rendendola più lunga e affusolata. Questa trovata ebbe un successo clamoroso, inizialmente nel suo paese e poi in tutto il mondo sviluppato, in America ed Europa.

L'unicorno divenne ben presto uno "status symbol" della borghesia cinese, e dopo neanche un anno iniziarono ad esportare questi animali anche negli Stati Uniti ed in Europa. Siccome il prezzo non era esattamente popolare (circa diecimila euro, in Europa), il loro acquisto soppiantò quello di cani e gatti solo presso l'alta borghesia o presso gli arricchiti che possedevano una villa con giardino annesso.

Curiosamente, Marco notò che mancavano totalmente notizie dalla Cina riguardo ad infortuni e ferite legati alla presenza di questi animali, mentre sia in USA che UE, in soli dieci mesi dall'inizio della loro importazione, c'erano stati cento casi di feriti negli Stati Uniti (di cui dieci mortali) e ben duecento in Europa, di cui trenta mortali.

E la maggior parte riguardavano bambini al di sotto di dieci anni d'età.

Ciò indicava evidentemente un grosso pericolo, sottovalutato sia dai loro possessori che dalle autorità.

Una domenica dopo pranzo, mentre lui era di turno al pronto soccorso, arrivò una bambina trafitta stavolta al fegato, con interessamento della milza.

La ferita era molto profonda; Marco non si lasciò prendere dal panico e legò i vasi epatici lesi, mentre fu costretto ad asportare la milza, prima che un'emorragia provocasse uno shock fatale.

Dopo l'operazione, durata cinque ore, la bambina fu trasportata al reparto di rianimazione post-operatoria; la madre, che attendeva con ansia, si avvicinò per dimostrargli tutta la sua gratitudine.

- Dottore – fece lei – non so davvero come ringraziarla.

- Ah, prego, signora – fece lui bruscamente – ma mi tolga una curiosità.

- Sì? - gli chiese, sorpresa.

- Lei darebbe in mano a sua figlia un fioretto di trenta centimetri?

- Io? Certo che no, ma cosa vuole dire, dottore?

- Voglio dire che Lei è come se avesse dato ad una bambina di (quanti anni? Sei, Sette?) una spada in grado di muoversi da sola, di sbuffare, arrabbiarsi e, all'occorrenza, di caricare a testa bassa se è arrabbiata.

- Ma...io volevo solo farla contenta. Sa, avevamo visto in televisione gli unicorni, e Samantha (mia figlia) ne era rimasta affascinata. E poi, abbiamo un grande giardino e l'unicorno è libero di correre dove vuole...

- Sì, signora, ma si spera che un adulto pensi anche ai pericoli potenziali di un animale come quello, come dovrebbe fare qualunque genitore responsabile – disse Marco, in tono glaciale.

- E' vero, ha ragione, mi scusi... la signora si era fatta piccola piccola, se avesse potuto avrebbe voluto scomparire per la vergogna.

Il dottor Cerami, il direttore del suo reparto, aveva assistito non visto alla scena.

Il giorno dopo chiamò Marco nel suo studio:

- Guasti, ieri passavo di qui perché avevo bisogno di un libro nel mio studio e ho visto come ha trattato quella povera donna. Mi dispiace, ma così non va.

–   Dottor Cerami, mi scusi ma non sono d'accordo. Quella donna è un'irresponsabile, ed era ora che qualcuno glielo dicesse.

–   Forse, ma non era né il momento né la sede adatta: era sconvolta per le condizioni della figlia, e Lei l'ha aggredita come se fosse stata una criminale.

–   Chi mette a repentaglio la vita di un bambino per futili motivi che cos'è, secondo Lei?

Uscì dallo studio di Cerami rosso di rabbia, convinto di avere ragione.

Le sue convinzioni furono suffragate da un altro episodio, in cui stavolta un maschietto di quattro anni venne portato d'urgenza, in un tardo pomeriggio primaverile.

Aveva l'arteria femorale perforata ed aveva perso molto sangue; con trasfusioni intra-operatorie ed una massiccia dose di sangue freddo, Marco riuscì a salvare pure lui.

Aveva però un interrogativo: come aveva fatto ad arrivare fin là senza morire dissanguato? Aveva una certa esperienza in quel tipo di ferite, e sapeva che, senza un'adeguata cauterizzazione, non c'era scampo.

I suoi dubbi vennero risolti poco dopo.

–   Lei è il dottor Guasti? Volevo ringraziarla per aver salvato il mio fratellino.

–   Prego, Lei è...? - Marco era stato preso alla sprovvista, non si aspettava che un bambino così piccolo avesse una sorella così...bella (no, cioè, tanto più grande di lui).

–   Alessia Bongiovanni; Andrea è mio fratello, anzi

fratellastro, però detesto questa parola.

– Capisco, quindi c'era Lei sull'ambulanza ed è stata Lei
che l'ha assistito?

– Sì, ho visto subito che la ferita era molto profonda e
ho messo in pratica quello che mi hanno insegnato.
Sa, ho prestato servizio come volontaria sulle
ambulanze.

– Allora sono io che mi devo congratulare con Lei – le
disse Marco, sinceramente ammirato. Stavolta si
risparmiò la filippica sull'irresponsabilità nel lasciare
soli i bambini insieme agli unicorni.

## 4.

– Bongiovanni, Bongiovanni, il nome non mi è nuovo...
Ma certo, l'industria di rubinetteria! - esclamò
trionfante Giuseppe Guasti, dopo che il figlio gli ebbe
raccontato l'episodio.

– Rubinetteria? Vuoi dire che suo padre è un
industriale?

– Certo, il tipico brianzolo con la sua "fabbrichetta" nata
dal nulla e che ha avuto grande successo, almeno fino
alla crisi che ha spazzato via gran parte delle PMI
italiane. Però lui è stato più accorto di tanti altri: ha
venduto ai tedeschi ma ha conservato delle quote, che
ha poi reinvestito in altre aziende, come la catena di
cliniche private Cura Sicura. Marco, questa è la tua
grande occasione!

– Ma che dici, papà? Quella ragazza io la conosco
appena...

–   Dai tempo al tempo, figliolo – gli rispose, con l'aria di saperla lunga.


Forse il padre possedeva la palla di vetro, o forse aveva altri sistemi, fatto sta che Ruggero Bongiovanni gli telefonò dopo una settimana per invitarlo a cena nella sua villa brianzola, vicino alla fabbrica, "per ringraziarlo personalmente e per fargli una proposta" come disse al cellulare.

Il taxi lo scaricò davanti al cancello della villa (Marco non guidava da anni); suonò ed il cancello elettrico si aprì silenziosamente. Marco percorse il vialetto di ghiaia e finalmente giunse alla porta d'ingresso.

–   Dottor Guasti, prego, entri! - Una cameriera (probabilmente filippina) gli aprì ma Bongiovanni era già lì ad attenderlo e gli strinse la mano con energia.

–   La ringrazio per ciò che ha fatto al mio piccolino, se non fosse stato per Lei...

–   Ma no, Signor Bongiovanni, anche sua figlia è stata bravissima...

–   Certo, anche Alessia è stata brava a non farsi prendere dal panico, a differenza di mia moglie, ma sa come sono le madri...Ora, mentre le donne si preparano al piano di sopra, noi uomini possiamo parlare – e così dicendo lo trascinò nel salotto (più grande delle due camere e cucina che Marco attualmente occupava in affitto) - Come forse sa, oltre alla mia fabbrica ho anche altri interessi, tra i quali il principale è la catena di cliniche private Cura Sicura in questa regione e in Veneto.

–   Sì, ne avevo sentito parlare – rispose Marco, che

cominciava a sospettare dove volesse andare a parare l'industriale brianzolo.

– Caso vuole che nella clinica di Verona ci sia un posto vacante da direttore del reparto di chirurgia, proprio l'ideale per un bravo chirurgo non più giovane come Lei ma con esperienze...particolari.

– Esperienze particolari? Che cosa intende? - chiese Marco, sbigottito.

– Sa, non capita tutti i giorni di incontrare qualcuno che, di sua spontanea volontà, scelga di andare in zone così disagiate quando potrebbe lavorare più tranquillamente a casa propria...

Ma Bongiovanni e mio padre si sono messi d'accordo? Sembrano fatti con lo stampino – pensò tra sé Marco.

– Ma adesso pensiamo alla cena – così Bongiovanni interruppe volutamente il discorso per spostarlo su temi più mondani.

Le donne fecero finalmente la loro comparsa e fu, come si conviene in queste occasioni, clamorosa.

Il povero Marco era abituato a vedere donne vestite con stracci o abiti di quart'ordine rimediati in qualche bazar, non certo alla grande soirée della signora Carla Bongiovanni e di Alessia, che sembravano pronte per la premiazione degli Oscar.

Seduta di fronte a lui, Alessia era stupenda, molto lontana dall'adolescente in crisi d'identità che era stata, almeno a sentire il padre, dopo che la madre, cioè la prima moglie di Bongiovanni, era morta in un incidente d'auto.

Dopo qualche anno difficile per padre e figlia, lei si era ripresa, si era laureata in Economia e aveva preso un master in

Business Administration, in un'università statunitense.

In seguito Bongiovanni si era risposato con una donna poco più grande della figlia ma questo (almeno a sentire lui) era stato ben accettato da Alessia, che era legatissima al piccolo Andrea nato un anno dopo.

Insomma un quadretto familiare idilliaco, forse troppo, sospettava maliziosamente Marco.

Al termine della cena, Marco chiese di vedere il piccolo per controllare la ferita; Andrea era stato dimesso il giorno prima poiché si era ripreso velocemente, con la promessa che sarebbe stato visitato tutti i giorni dal pediatra.

Nonostante l'ora tarda, il bambino era sveglio:

Marco si presentò:

—   Ciao, Andrea. Io sono il dottore che ti ha operato alla gamba. Come stai?

—   Ciao. Io sto bene, però loro non mi fanno vedere Macchia.

—   Macchia? E chi è? - chiese Marco, rivolgendosi ad Alessia.

—   Macchia è l'unicorno che lo ha ferito; ha il mantello pezzato, per questo lo ha chiamato così – gli rispose Alessia, e poi rivolgendosi al bambino – Macchia sta bene, però lo abbiamo portato dal dottore degli animali così lo fa stare tranquillo, perché era molto spaventato.

—   Ah, sì? Ale, devi dirgli che io non sono arrabbiato con lui, è stata colpa mia se mi ha attaccato. Gli ho dato noia, l'ho tirato per la coda ma lui forse non voleva giocare con me.

–   Sì, va bene, glielo dirò. Adesso il dottore ti controlla la gamba e poi ti metti a dormire, d'accordo?

–   Va bene – rispose a malincuore Andrea.

–   Allora, tutto bene? - gli chiese Alessia, dopo aver rimboccato le coperte del lettino e richiuso silenziosamente la porta della cameretta.

–   Sì, la ferita è rimarginata e i punti li potremo togliere tra due settimane, non c'è da preoccuparsi. Piuttosto, l'unicorno dov'è?

–   Lo abbiamo dato via, dopo quello che è successo... papà voleva sopprimerlo, Carla non riusciva neanche a guardarlo. Lo dirò io ad Andrea, con calma, quando si sarà ripreso completamente.

–   Avete fatto la cosa giusta. Come pensavo, quegli animali sono pericolosi per i bambini: se sono infastiditi, possono diventare un'arma mortale.

–   Sì, ce ne siamo accorti. Ma se è così, perché nessuno fa nulla?

–   Bella domanda, ma non devi farla a me.

## 5.

–   Allora, com'è andata la cena? - Giuseppe Guasti era ansioso di sapere se i suoi sospetti erano giusti.

–   OK, è andata come pensavi; Bongiovanni mi ha fatto un'ottima proposta di lavoro.

–   Lo sapevo! E tu accetterai, spero!

–   Non lo so, ci devo pensare, papà; lo sai che detesto che qualcuno mi metta fretta...

–   Non fare l'idiota, come al solito – gli rispose il padre con insolita durezza – guarda che la proposta non durerà in eterno.

–   Sì, papà, hai ragione come sempre – gli rispose Marco, in tono sarcastico; preferì interrompere la chiamata dicendo che c'era un'emergenza in arrivo, prima di litigare sul serio.

Nelle settimane successive si vide con Alessia diverse volte; lei era deliziosa, simpatica e intelligente oltre che molto attraente, però il retrogusto di quell'abbozzo di relazione era il solito: il fastidio che quello fosse esattamente ciò che tutti si aspettavano da lui, ovvero una vita preordinata, la stessa che suo padre gli aveva "prenotato" da quando era tornato dalla Palestina.


Alla fine, accadde. La tragedia che aveva sempre evitato per un soffio capitò una sera d'estate, afosa e opprimente come le sere estive in Val Padana sanno essere.

Arrivò in pronto soccorso il solito bambino di quattro anni con la solita madre ansiosa di compiacere il figlioletto che aveva visto gli unicorni in tv (ma quanto sono carini, mamma!); solo che stavolta la ferita era all'aorta, e non c'era nessuna Alessia con nozioni base di primo soccorso.

Il bambino arrivò in sala operatoria praticamente dissanguato: spirò ancora prima di iniziare le disperate manovre per ricucire il vaso reciso dal corno.

–   Adesso basta! Indirò una conferenza stampa e denuncerò chi importa questi animali! - Marco era furibondo, quando entrò nello studio di Cerami, il mattino dopo.

- Dottor Guasti, stia calmo! Comprendo che sia sconvolto (come tutti) per questa tragedia, ma bisogna valutare bene le conseguenze...

- Quali conseguenze? Di cosa sta parlando?

- Mi sono informato, e pare che la ditta che in Italia si occupa della vendita degli unicorni sia molto ammanicata con alcuni esponenti del governo...

- Ah, e allora? Continuiamo così, con questa strage?

- Dico solo che bisogna essere cauti e andare coi piedi di piombo, prima di sollevare un polverone: quelli ci mettono poco a denunciarci per diffamazione...

- Va bene, faremo come dice Lei – lo assecondò Marco, di malavoglia – prenderò tutti i dati disponibili in Italia per avere una statistica degli incidenti.

- E' un'ottima idea, dottor Guasti – ammise Cerami – proceda pure e mi faccia sapere.

Marco si mise al lavoro di buona lena e dopo una settimana aveva preso molte informazioni interessanti; contrariamente a quanto capita di solito, i freddi numeri e le impressioni personali andavano perfettamente d'accordo.

Solo in Lombardia, in un anno c'erano stati venticinque incidenti con gli unicorni (sette giunti solo nel suo ospedale, dei quali quattro visti di persona da lui stesso, compreso quello mortale) e tre morti. In tutta la penisola gli incidenti erano stati quaranta, con sette morti, tutti bambini.

Ce n'era abbastanza per parlare di "emergenza unicorni", per usare una formula cara al giornalismo scandalistico.

Decisero, lui e Cerami, di indire la conferenza stampa per il lunedì successivo. Era venerdì sera, così Marco andò a casa per preparare il discorso con tutti i dati raccolti; per fortuna, quel week end non era di turno al pronto soccorso.

Il sabato sera, visto che era a buon punto con la stesura, accettò di accompagnare a cena Alessia che gli aveva telefonato, visto che quella sera era libera.

Ovviamente parlarono di quell'argomento, e lei convenne con Marco che era una cosa che andava fatta; si lasciarono con la promessa che Alessia ne avrebbe parlato al padre, per cercare qualche appoggio in alto loco per bloccare l'importazione degli animali.

Il lunedì mattina Marco andò al suo reparto per parlare prima con Cerami, ma non lo trovò; allora si avviò verso l'aula magna, il posto scelto per la conferenza stampa, fissata alle ore dieci.

Entrò ma, con grande sorpresa, non trovò anima viva; interrogato da lui, il custode cadde dalle nuvole: nessuno lo aveva informato, ma di quale conferenza stampa stava parlando?

Sempre più perplesso, cercò Cerami al cellulare e, dopo parecchi tentativi, riuscì a parlare con lui.

– Dottor Cerami, mi può spiegare che sta succedendo?

– Ah, dottor Guasti, mi scusi se non sono riuscito a chiamarla prima – il tono di Cerami sembrava imbarazzato – ma c'è stato un cambio di programma, la conferenza stampa è annullata, sia la RAI che Mediaset avevano le troupe impegnate altrove.

– Capisco, ma i giornalisti della carta stampata?

–   Andiamo, dottor Guasti, ormai i giornali non li legge
    più nessuno. Se una notizia non compare in TV è
    come se non esistesse.

–   Già, certo – ammise lui – allora mi fa sapere la data
    fissata?

–   Senz'altro, dottor Guasti. Sarò fuori sede per qualche
    giorno, ma appena me la comunicheranno la
    informerò.

Cerami interruppe la comunicazione; Marco ebbe la sgradevole
sensazione che, all'altro capo del filo (vabbè, per modo di dire),
ci fosse stato un grosso sospiro di sollievo.

Il suo cellulare vibrò, lo stavano chiamando; guardò il numero,
che aveva memorizzato. Era Bongiovanni padre, ma guarda!
Forse c'erano buone notizie sul blocco delle importazioni degli
unicorni...

–   Signor Bongiovanni, è un piacere sentirla – disse
    Marco, speranzoso.

–   Dottor Guasti, mi dispiace disturbarla ma devo darle
    una notizia che non mi fa piacere e forse neanche a
    Lei – esordì l'industriale.

–   Ah, mi dica pure – rispose Marco, tra la sorpresa e la
    delusione.

–   Quel posto vacante a Verona, sa, quello di cui le ho
    parlato...ecco, gli altri proprietari avevano fretta di
    assegnarlo e così hanno contattato a mia insaputa un
    suo collega chirurgo di Vicenza, che ha accettato ieri.
    Mi dispiace molto, ma Lei non si è più fatto sentire...

–   Certo, non si deve giustificare, Signor Bongiovanni,
    capisco benissimo – Marco era sincero, avrebbe

dovuto decidersi prima, ma tant'è – E per quanto riguarda gli unicorni, ha parlato con i suoi amici politici?

– Purtroppo non ne ho ancora avuto la possibilità, purtroppo questi miei amici sono impegnatissimi ed è difficile riuscire a parlare con loro, ma non dubiti, la sua è un'ottima idea e appena potrò...

– Sì, d'accordo Sig. Bongiovanni. La ringrazio, mi faccia sapere; buongiorno.

E così anche Bongiovanni lo aveva scaricato; era chiaro, anche dal suo tono, che l'industriale non vedeva l'ora di togliersi dai piedi una presenza che era diventata scomoda. O, forse, quei suoi amici politici erano proprio quelli ammanicati con la ditta di import/export degli unicorni, và a sapere.

Il termine del suo contratto temporaneo con l'ospedale arrivava proprio come il classico cacio sull'altrettanto classica pasta nota come maccheroni.

In ogni caso, ora sapeva cosa fare. Contattò nuovamente Emergency: sì, c'era richiesta di chirurghi, stavolta in Sudan.

Chiamò Alessia un'ultima volta e si congedò da lei, augurandole ogni bene. Poi, andò a parlare con suo padre.

Giuseppe accolse la notizia con totale sorpresa: non se lo aspettava proprio, segno che, in fondo, non era mai riuscito a capire suo  figlio.

– Non riesci proprio a inserirti nel mondo che ti appartiene, come è possibile? - la domanda di Giuseppe era rivolta più a se stesso  che a Marco.

– Forse perché ci sono cose di questo mondo che non riesco ad accettare: mettere a rischio la sua cosa più preziosa, i propri bambini, per una moda idiota e solo per puro lucro è una cosa indecente.

- E allora perché non combatti per affermare le tue idee?

- Perché è inutile, e poi non sono la persona giusta per farlo. Preferisco andarmene.

- Quindi per te è meglio scappare? - gli chiese Giuseppe, quasi urlando.

- Prima è stata una fuga, ora è una scelta – disse Marco.

- Sì, ma perché? Qui hai tutto, un buon posto di lavoro, una ragazza che ti vuole bene...

- Non pretendo che tu mi capisca, papà, posso solo dirti che  finalmente sono guarito.

Finito di stampare nel mese di Giugno 2017
per conto di Youcanprint *Self-Publishing*